¡QUE VIVA!
CELEBRACIONES LATINAS

¡CELEBREMOS EL MES DE LA HERENCIA HISPANA!

MARISA ORGULLO

TRADUCIDO POR
ESTHER SARFATTI

PowerKiDS press.
New York

Published in 2019 by The Rosen Publishing Group, Inc.
29 East 21st Street, New York, NY 10010

First Edition

Translator: Esther Sarfatti
Editor, Spanish: Ana María García
Book Design: Reann Nye

Photo Credits: Cover, p. 1 (child) Robert Fried/Alamy Stock Photos; cover (background) Richard Levine/Alamy Stock Photos; p. 5 Corbis/Corbis/Getty Images; p. 7 Agencia Makro/LatinContent Editorial/Getty Images; p. 9 Diego Cervo/Shutterstock.com; p. 11 ESB Professional/Shutterstock.com; p. 13 TIM SLOAN/AFP/Getty Images; p. 15 Larry Busacca/Getty Images Entertainment/Getty Images; p. 17 Tita.ti/Shutterstock.com; p. 19 Fotoholica Press/ LightRocket/Getty Images; p. 21 Anton_Ivanov/Shutterstock.com; p. 22 Elpisterra/Shutterstock.com.

Cataloging-in-Publishing Data

Names: Orgullo, Marisa.
Title: ¡Celebremos el Mes de la Herencia Hispana! / Marisa Orgullo.
Description: New York : PowerKids Press, 2019. | Series: ¡Que viva! Celebraciones latinas | Includes glossary and index.
Identifiers: ISBN 9781538342329 (pbk.) | ISBN 9781538342343 (library bound) | ISBN 9781538342336 (6 pack)
Subjects: LCSH: Hispanic Heritage Month–Juvenile literature.
Classification: LCC E184.S75 O74 2019 | DDC 973'.0468–dc23

CPSIA Compliance Information: Batch Batch #CWPK19: For Further Information contact Rosen Publishing, New York, New York at 1-800-237-9932

CONTENIDO

Orgullo cultural

Durante el Mes de la **Herencia** Hispana, se **celebra** y reconoce la cultura hispana en Estados Unidos. La cultura es el modo de vida de la gente. Los hispanos **conmemoran** este festival para honrar las tradiciones de su cultura. Las tradiciones son las formas de hacer las cosas que han pasado de una generación a otra. Recordarlas ayuda a la gente a seguir conectada a sus **raíces** familiares y a su país de origen.

El Mes de la Herencia Hispana es un tiempo para que los estadounidenses puedan celebrar lo que los hispanos han dado a Estados Unidos.

El Mes de la Herencia Hispana tiene lugar en Estados Unidos entre el 15 de septiembre y el 15 de octubre. Estas fechas se eligieron porque varios países latinoamericanos celebran su **independencia** de España en otoño, entre ellos, Costa Rica, El Salvador, Guatemala, Honduras, Nicaragua, México y Chile. En 1988, el Gobierno de Estados Unidos marcó estas fechas para que el país pueda honrar a todos los hispanos estadounidenses.

Estos bailarines celebran el Día de la Independencia de Chile.

Mucha gente hispana vive en Estados Unidos. Cada familia tiene su propia historia acerca de por qué vinieron aquí. Muchos viven en lugares que alguna vez formaron parte de México. Otros proceden de América Central, México o el Caribe. Todos buscaban una vida mejor. Querían encontrar seguridad o **libertad**.

Algunos padres hispanos eligieron venir a Estados Unidos en busca de mejores escuelas para sus hijos.

El número de familias hispanas en Estados Unidos crece cada año. Hoy, el 17.8 por ciento de la gente en Estados Unidos es hispana. ¡Eso es más que uno de cada seis estadounidenses! Muchos hispanos viven en el sudoeste del país y en ciudades grandes del medio oeste y noroeste. Igual que otros estadounidenses, los hispanos tienen todo tipo de trabajos. Algunos son médicos, jefes de cocina, gente de negocios y periodistas.

Algunos hispanos trabajan en Estados Unidos como maestros o profesores.

Héroes hispanos

Mucha gente hispana ha hecho cosas increíbles para Estados Unidos. Entre las décadas de 1950 y 1980, un mexicoamericano llamado César Chávez ayudó a los trabajadores del campo a obtener más derechos, como un salario justo y un lugar de trabajo seguro. El primer juez hispano del **Tribunal Supremo** de Estados Unidos es la jueza Sonia Sotomayor. Su familia es de Puerto Rico.

Sonia Sotomayor se convirtió en la primera jueza latina del Tribunal Supremo en el 2009.

¿Sabías que muchos deportistas y actores son hispanos? Tony Romo fue mariscal de campo para los Cowboys de Dallas. Fue uno de los primeros hispanos en dirigir un equipo de fútbol de la NFL. Selena Gómez es una actriz y estrella del pop mexicoamericana e italoamericana. Seguramente has oído canciones suyas en la radio. Ha vendido más de siete **millones** de discos.

Selena Gómez comenzó como actriz en el programa de televisión infantil *Barney and Friends*. ¡Tenía solo nueve años!

Los hispanos estadounidenses han dado mucho a las comunidades artísticas, musicales y de danza del país. Los artistas hispanos pintan, dibujan y hacen fotografías. La salsa, un tipo de baile y música, tiene sus raíces en el Caribe. El tango, otro tipo de baile, viene de Argentina. La cultura hispana ha tenido un impacto enorme en las artes estadounidenses.

Un hombre y una mujer argentinos bailan el tango.

Conmemorar el Día de la Raza

El Día de la Raza tiene lugar el 12 de octubre. Este día marca la llegada de Cristóbal Colón a América. En los años siguientes a su llegada, los europeos mataron a muchos nativos y destruyeron muchas culturas. Hoy, en el Día de la Raza, la gente conmemora su identidad cultural.

En la celebración del Día de la Raza, mucha gente honra su cultura, como esta mujer que lleva ropa tradicional de Perú.

Existen muchas formas de aprender acerca de la cultura hispana. Puedes visitar museos para conocer sobre el arte hispano, escuchar música, aprender danzas o ver películas. ¡Incluso podrías aprender alguna de las lenguas nativas habladas en Hispanoamérica! Hay muchas formas divertidas de conocer la cultura hispana durante todo el año.

Celebrar otras fiestas hispanas también te ayudará a aprender. En esta foto, unos amigos celebran el Día de los Muertos.

El papel de los hispanos estadounidenses es muy importante en la historia de Estados Unidos. Nuestro país es mejor gracias a las familias hispanas que comparten su rica herencia cultural. Es una cultura que merece ser celebrada durante el Mes de la Herencia Hispana y también durante el resto del año.

GLOSARIO

celebrar: hacer cosas especiales para honrar un momento importante.

conmemorar: celebrar una fecha importante.

herencia: tradiciones culturales que se transmiten de padres a hijos.

independencia: la libertad del control o apoyo de otra gente.

libertad: el poder de hacer lo que uno quiere hacer.

millón: el número 1,000,000.

raíces: la historia familiar de una persona o un grupo de personas.

Tribunal Supremo: el tribunal más alto de Estados Unidos.

ÍNDICE

SITIOS DE INTERNET

Debido a que los enlaces de Internet cambian constantemente, PowerKids Press ha creado una lista de sitios de Internet relacionados con el tema de este libro. Este sitio se actualiza con regularidad. Por favor, utiliza este enlace para acceder a la lista: www.powerkidslinks.com/lcila/heritage